Tamar Ein Epos ...

Tamar Ein Epos ...

... eine biblische Erzählung aus der Genesis. Interpretation einer alttestamentarischen Familiensaga über Ehre in Zeiten von Zweifel und Misstrauen

Von

Max Gusdorf

(Ermordet am 23. Juli 1943 von den Nazis im KZ Sobibor, Polen)

Herausgegeben
von Norbert Gisder

Bibliografische Information der Deutschen Nationalbibliothek
Die Deutsche Nationalbibliothek verzeichnet diese Publikation in der Deutschen Nationalbibliografie; detaillierte bibliografische Daten sind im Internet über http://dnb.d-nb.de abrufbar.

Herausgegeben von Norbert Gisder zum 1. Mai 2025 – dem 100. Jahrestag nach Veröffentlichung der Schrift durch Max Gusdorf

Verlag: BoD · Books on Demand GmbH,
Überseering 33, 22297 Hamburg, bod@bod.de
Druck: Libri Plureos GmbH, Friedensallee 273, 22763 Hamburg

ISBN 978-3-7693-5712-7

Vorwort des Herausgebers

Tamar ist die von meinem Großvater Max Gusdorf 1925 in aller gebotenen Kürze erzählte Geschichte einer modernen Frau, die mit Witz und Tücke das Alte Testament und die patriarchale Gesellschaft der ersten Israeliten im 18. Jahrhundert vor Christus aufmischt.

Doch es ist nicht allein die Übertragbarkeit eines 4.000 Jahre alten Liebesepos bis in jede kleinere und größere Lüge, die man heute in nahezu jeder x-beliebigen Partnerschaft, in jeder Familie, in jeder kleineren oder größeren Gemeinschaft ausmachen kann, die Tamar so modern macht. Also könnte man denken, die 20-jährige, bildschöne Frau sei ein Kind des 21. Jahrhunderts ... ist sie aber nicht.

Etwa 1800 Jahre vor Christus hat Tamar nach biblischer Erzählung als Tochter des Jakob, auch Israel genannt, gelebt. Jakob, der Sohn von Isaak und Rebekka und ein Enkel Abrahams, ist, so steht es im Buch Genesis der Bibel, der dritte der Erzväter der Israeliten.

Wahrheit war Tamar ebenso heilig wie Ehre.

Gewissen und Klugheit hat Tamar eingesetzt, um Recht und Ordnung auch dann für sich einzufordern, wenn es unmöglich schien, etwa weil es gegen die Gesellschaft ging, in der sie lebte: Sie hat provoziert, ohne zu verletzen, und eine Meinung war ihr so heilig, dass sie sie vertrat, ohne einen Kompromiss einzugehen – und dazu die Wege nutzte, die jedem bleiben, der Wahrheit nicht der Lüge unterordnet.

Das ist das Moderne an Tamar.

Dem Autor Max Gusdorf ist diese Interpretation, mit viel Humor in die Weimarer Zeit übersetzt, zu danken. Er fügte der deutschen Kultur diese Geschichte für eine Geliebte hinzu, die ihm – illegitim, aber wahrhaftig – das Liebesglück schenkte, das ihm seine legitime Ehe zur Perfektion gedeihen ließ.

Es ist halt alles wie heute. Oder wie damals, als der Liebhaber meiner Großmutter, Max Gusdorf, eine fast 4000 Jahre alte Mär in eine moderne Sprache setzte. Oder wie es immer war, seit Menschen miteinander im Gespräch um das sind, was ist, obwohl es nicht sein dürfte ... *Norbert Gisder*

Tamar

I.

»Leg die Sandalen und den Mantel ab, lass von den Mägden dir die Füße waschen, und dann komm näher, dich zu uns zu setzen, um dich an Trank und Speise zu ergötzen.« …

Warum bleibt Tamar an der Pforte stehen?

»Warum bleibt Tamar mir die Antwort schuldig? Verstockter Sinn beweist kein rein Gewissen, ein freies Herz macht redsam und behende. Ein Starrkopf trotzt und ballt die leeren Hände. Hat Gott die Lippen so verschlossen dir, gleich deinem Schoß, dem dürren, unfruchtbaren?«

»Halt ein, Jehuda, Bruder, Bleib gerecht! Siehst du denn nicht die schmerzumhüllte Seele, die aus dem Herzen deiner Tochter fleht?«

»Recht hast du, Dinah, ich sprach allzu hastig. Mehr, ich sah wohl den leidumfluteten Blick in Tamars Antlitz, Schwester, ja, ich sah ihn. Und bat sie deshalb, sich zu uns zu setzen. Es ist für sie ein Platz am Tische offen. Noch keinen Bettler schickt ich je von hinnen.«

»So meint ihr etwa, Tamar käme zu Euch als Bettlerin? Um sich mal satt zu essen?«

»Hört nur, hört nur, wie gut sie plappern kann, sobald ihr Ehrgeiz irgendwie bedroht ist.«

»Es ist kein Ehrgeiz, wie Jehuda meint.«

»Was ist es denn? So sagt uns die Beschwerden.«

»Ich bin ein Weib und möchte Mutter werden!«

»Trag ich daran Schuld, dass unfruchtbar geblieben ist Tamars Schoß? Soll ich für sie gebären? Die Kinder, die Erat nicht und Onan dir nicht zeugte?«

»Erat ist tot und Onan ist gestorben.«

»Durch dein Verschulden!« ruft Jehuda grimmig.

»Das lügt Ihr, Vater.« Tamar schreit es gellend, sie tritt zum Tische, wo die andern schmausen, sie nimmt den nächsten Becher roten Weins und schleudert ihn, an allen Gliedern zitternd, hin zu dem Platze, wo Jehuda saß. Der Wurf misslingt. Jehudas Schwester, Dinah, eilt rasch zu Tamar, um sie aufzufangen.

»So setz dich doch! Komm, netze deine Lippen ... des Vaters Zorn ist wie ein Strahl des Himmels, ist wie ein Blitz, der blindlings Beute sucht. Du weißt es doch, wie er gezüchtigt hat mit Schwert und Feuer Siechhem, Amors Sohn, der hinterhältig mich entehren wollte.«

Da, bei dem Wort »entehren«, sprang sie auf. Tamar, die arme, die gequälte Frau. Sie ordnete das wirre, schwarze Haar, sie ordnete die schwirrenden Gedanken. Dann schluchzt sie tief und küsste Dinahs Hand: »Hab, Dinah, Dank, ... ich will vernünftig bleiben.«

»Wenn das der Fall ist, darf sie bei uns weilen!«, hört man Jehudas Stimme höhnend schallen.

»Im Haus der Spötter möchte ich nimmer weilen ... höhnt immerzu, ich tue meine Pflicht. Ich bin gekommen, mir mein Recht zu fordern, Denn nach der Sitte dieses Landes muss Selah, dein Sohn zum Weibe mich erwählen. ...«

»Der letzte Zweig aus seines Vaters Garten will Früchte tragen und möchte Kinder sehen, Dein Schoß ist freudlos und von Gott verschlossen! ...«

»Wen trifft die Schuld? Mein Leib ist keusch und jung, noch bin ich Jungfrau, denn dein ältester, der

Erat hieß, er suchte sein Vergnügen bei Fischers Knechten und im Stall bei Ziegen, er war ein Greuel vor des Herrn Augen. Er konnt′ zur Ehe keinem Weibe taugen.«

»Dann nahm sein Bruder Onan dich zum Weibe.«

»Er war ein Spieler an dem eignen Leibe, ein Tor, ein kranker und ein böser Bube. Gott strafte ihn und führt' ihn früh zur Grube. Nie konnt′ der Lüstling eine Frau begatten, lasst ruhn der Toten schemenhafte Schatten! Seit Jahresfrist bin ich nun wieder frei, als Weib begehre, so ist's Gesetz, so müsste Selah handeln, wenn Ihr auf Gottes Wegen wolltet wandeln …«

»Erst 16 Jahre zählt mein jüngster Sohn.«

»Gern will ich warten, bis er mannbar sei.«

»Er ist zu jung, du bist zu alt für ihn.«

»Der Unterschied wird täglich minder wiegen, ich bin erst zwanzig, nur vier Jahre sind's, Großmutter Sarah war an zwanzig Jahren und mehr noch älter, als ihr Gatte war, als sie den Isaak, Ahn gebar.«

»Ja, das ist richtig, doch er sandte dennoch die Hagar fest, als sie ihm lästig fiel.«

»Ihr habt kein Recht, mich von hier fortzujagen. Ich kam nicht, Euch hier zur Last zu fallen. Ich will nur das, was das Gesetz befiehlt, das duldet nicht, dass man die Ehre stiehlt den armen Frauen, die zu Witwen wurden. Erbarmt, Jehuda, euch der Tochter, ... helft! Verlobt mich ihm, dem Jüngling, ich will im Zelte züchtig seiner harren, geduldig, ehrbar, will ich seiner warten, Ihr sollt in mir das Weib, die Mutter achten, die zum Gespötte aller Nachbarn würde! Lasst mir mein Weibtum, lasst mir meine Würde!
Denn wenn nicht Selah mich zum Weib begehrt, dann bin ich rechtlos, schutzlos und ... entehrt!

An Lea denket, der erlauchten
Mutter, dass sie mit Maascha hier im
Zelte stände, sie würden führen mich
in Selahs Hände, wie würden beide
mahnen euch an Pflicht ...!«

Jehuda schrie: »Ich aber will es
nicht! Ich hab nur einen, diesen
letzten Erben, den soll mir niemand,
auch nicht du verderben!«

II.

»Wir sind am Ziel.

Dort oben ist die Grotte mit einer Quelle, draus er Wasser schöpft. Hier kann ich dich verlassen, denn den Weg zur Maulbeerhecke kannst du nicht verfehlen. Halt dich zur rechten! Bei den Felsenbänken suchst du gemächlich einen Sitz dir aus, so dass du ihn und er dich sehen muss, wenn er vom Tal her sich der Grotte nähert. Links steht die Hütte, die voll Wolle ist. Dort findest du auch Decken für die Nacht, Siljah, die Magd, hat sie heraufgebracht.«

»Hab vielen Dank, du bist die beste, Dinah.«

»Denk, Tamar, dran, dass du gen Osten blickst, als seiest du gänzlich im Gebet versunken; um nicht zu lügen, magst du zu Gott beten.«

»Ich werde beten, Dinah, doch nicht deshalb, um fromm zu scheinen, nein, voll Andacht will aus tiefster

Seele ich zum Herrgott flehen, dass unser Plan zum Guten möge gehen.«

»Leb wohl, denn, Tamar, gerne wart ich deiner. Sobald der Tag kommt, lässt du ihn allein. Und gehst zu mir, so wie wir abgesprochen. Sorg nur dafür, dass er dich nicht erkenne.«

Und Dinah ging, von ferne nochmals winkend.

Ein wenig später auf die Felsenbank setzt Tamar sich. Sie wartete Jehudas, der wollt nach Timna, wo er Schafschur hielt, wo seine Herden auf den Weiden grasten. Das alles hatte Dinah ihr berichtet; gleich, dass er droben in der kleinen Hütte, so wie gewöhnlich, übernachten würde.

Daheim gelassen war die Witwenkleidung. Blauweiße Tücher, malerisch gewunden, umhüllten straff des jungen Weibes Glieder und ihrer Brüste liebliche Gestalt, mit dichten Schleiern war ihr Haupt verdeckt.

Da kam Jehuda seines Wegs gegangen. Vom Flusse aus sah er sie droben sitzen, Goldig umstrahlt vom Glanz der Abendsonne.

Er sprach sie an. Es war ein garstig Wort. Sie überhörte den frivolen Gruß und betete, den Blick nach Osten richtend; dann, als beendet ihre Andacht war, spricht sie zu ihm: »Scholaum alechem, Herr.«

Und dieser Gruß, der lange nicht gehörte, der lang entbehrte, packt ihn wunderlich.

»Darf ich zu Euch mich auf den Felsen setzen?«

»Für alle Müden ist hier Raum genug. Von woher kommt Ihr?«

»Aus dem Tal der Tränen.«

Und eine zarte, gutgeformte Hand macht einen Bogen um die Landschaft drunten.

»Vom Tale kommt Ihr ... wo liegt Euer Ziel?«

»Ich such die Höhen, wo die Güte wohnt ...«

»Habt Ihr viele Schafe?«

»Mehr denn zwanzigtausend, wie viele habt Ihr?«

»Ich habe keine Schafe.«

»Dann habt Ihr sicher Rinder?«

»Nein, mein Herr!«

»Auch keine Esel?«

»Nein, auch keine Esel. Wohl quält seit kurzem mich ein toll Verlangen, gelegentlich mir einen einzufangen.«

»Seltsamer Wunsch« ...

»Ich habe derer öfters. Zum Beispiel wünsch ich für den Garten mir, der wunderschön und voller Knospen prangt, ein leitsam Lämmlein, das ich pflegen möchte. Schwarz müsst' es sein und krause Haare tragen, wie Eure, Herr ...«

»Wie habt Ihr das gemeint?«

»Ich meinte nur, Ihr habt der Schafe viele, ist eines dabei, das schwarze Wolle hat?«

»Natürlich ... ja ... Ihr sollt solch Lämmlein haben. Habt Ihr denn sonst nichts, was der Pflege wert?«

»Ich steh allein, ich habe Zeit zum Pflegen und ...«

»... und!?«

»Ich wollt was sagen, was nicht schicklich ist.«

»Ich hab's erraten, was Ihr sagen wolltet.«

»Wenn meine Stimme mich verraten hat, dann sprecht es aus! Was meint Ihr, wollt ich sagen?«

»Ihr wolltet sagen, dass Ihr Zeit genug zum Pflegen hättet und zum Lieben auch.« ...

»Ihr habt's erraten. Seid mir des nicht gram. Vergesst es bitte, denn es schickt sich nicht.«

»Mein Handschlag drauf, dass ich's vergessen werde.« Und lachend reicht er seine braune Rechte dem Mädchen hin, das schüchtern mit der Rechten die seine greift. Da sieht sie einen Ring am Mittelfinger. »Ei, welch schöner Ring!«

»Vom Vater hab ich einstmals ihn erhalten.«

Im Eifer löst er seines Rockes Gürtel und legt ihn sorgsam zu dem Wanderstab. Bewundernd nimmt sie beides in die Hände: »Welch schöner Stab! In Holz geschnitzte Bilder. Und dieser Gürtel, meisterlich geflochten.«

So lobt sie listig, was sie längst schon kennt, denn Stab und Gürtel hat sie selbst verfertigt.

»Jetzt muss ich gehen, ein Obdach mir zu suchen, die Sonne sank, lebt wohl und gute Reise.« Zum Abschied reicht sie freundlich ihre Hand dem Manne dar, der hält sie fest und lange.

»Darf, Mädchen, Ich noch Euern Namen wissen?«

»Ich heiße … , nein … denn wenig Glück gebracht hat mir mein Name, darum forschet nicht, ich bin für Euch die garst´ge Unbekannte.«

»Die Unbekannte, mir von Gott gesandte! Die Gottgesandte heißt man hier: Jaela.«

»Ganz wie Ihr wollt … Jaela muss jetzt scheiden.«

»Jaela, bleibt … !! dort drüben in der Hütte, die meine ist's, ist Platz für Euch und mich …«

»Des Gärtleins Blumen müssen Wasser haben!«

»Dass ich verdurste, scheint Euch nicht zu grämen!«

»Ihr seid ja reich! Habt zwanzigtausend Schafe!«

»Doch eins davon, Jaela, schenk ich Euch.«

»Des Lämmleins wegen will ich bei Euch bleiben und durch mein Plaudern Euch die Zeit vertreiben. Doch hätt′ ich gerne den versprochnen Lohn, mein schwarzes Bählamm, wisst Ihr, morgen schon.«

»Das ist unmöglich, denn ich brauch, Jaela, fast einen Tag um Timna zu erreichen, da übermorgen dort die Schafschur ist, kann ich den Preis erst später überreichen.«

»Bringt Eure Schäflein ruhig ins Trockne, Herr. Ich will versuchen, auch ein Schaf zu scheren. Lasst Euch durch mich nicht Eure Reise stören. Mir ist es recht und gerne will ich warten, wenn auch die Blumen in dem kleinen Garten verdursten sollten, ich kann's auch nicht ändern, was denkt der hohe Herr indes von Pfändern?«

So fragt sie schelmisch – in verträumter Weise, als hätt′ der Zufall eben es gegeben, spielt sie mit

Gürtel, Ring und Wanderstab.

»Gilt das als Pfand, was ich hier grade hab?«

»Du magst sie halten, bis ich wiederkehre.«

»Ich will versuchen, deinen Durst zu stillen, es sterben Blumen, meiner Liebe willen, Du schaffst mir andre im verdorrten Garten! Ich werde, Liebster, treulich deiner warten! Du kommst zurück, ich fühl's, du magst mich.«

Auf *einem* Lager schliefen nachts die beiden.

III.

»Der Antrag deines Vaters ehrt mich sehr. Vor wenig Monden hätt's mich noch erfreut. Wenn ich sein Eidam und dein Schwager würde, Heut ist es anders Hiram, kehre heim, denn Euer Vorschlag, leider, kommt zu spät.«

»Vor wenig Monden hätt's dich noch erfreut ... so sagtest du Jehuda, welch ein Rätsel.«

»Ja, du hast Recht, es ist auch mir ein Rätsel.«

»Mein Vater lässt dir melden, dass er gerne der einzigen Tochter eine Mitgift gäbe. So voll und reich, dass niemand hierzulande dergleichen je gesehen haben sollte: Neunhundert Rinder, tausende von Eseln. Und achtzehnhundert bunt gescheckte Schafe. Auch dreiundzwanzig säugende Kamele, sechzig Sklaven, zwanzig Sklavinnen. Darunter blonde aus dem Land Moab, des Tanzes kundig und des Lutenspiels, in hundert Kisten, Körben, Fässern,

Schläuchen, voll Rosenöl, Oliven und Gewürzen mit Teppichen und edlen Byssusstoffen, mit Ketten, Spangen, Reifen und Geschmeide.«

»Ich weiß, ich weiß, ihr meint es gut, ihr beide; seid mir nicht gram, ich muss euch doch enttäuschen, nichts könnt mich freuen, wenn ich sie nicht hätte.«

»Du sollst sie haben, ja, sie wird ja dein.«

»Nein, Hiram, hör, ich mein nicht deine Schwester, die Spielgefährtin meiner Jugend war, und deren Schicksal mich gar sehr bewegte, als sie ins Grab so früh den Gatten legte. Du bist mein Freund, komm, setz dich auf die Matte. In meines Herzens Tiefe sollst du schauen, ich möchte, Hieram, dir was anvertrauen, das niemand weiß …«

»Ich schätze dein Vertrauen, erzähle ruhig, mein Ohr trinkt deine Worte.«

»So höre denn, als ich vor sieben Monden von Hebron ging,

bergaufwärts gegen Timna, wo meine Knechte große Schafschur hielten, da traf ich sie …«

»Ich weiß nicht, wen du meinst. Wie hieß sie denn?«

»Sie hörte auf Jaela.«

»Ein schöner Name, die von Gott Gesandte.«

»So weißt auch du, dass sie von Gott gesandt?«

»Du sagtest mir, dass sie Jaela hieße.«

»Ja, freilich, ja, es passt kein andrer Name für diese eine gottgesandte Frau.«

»Wie sah sie aus?«

»Ich hab sie nicht gesehen, die Nacht war dunkel und ihr Haupt verhüllt.«

»Nun weiß ich manches, aber nicht genug! Denn voller Rätsel bleibt mir dein Bericht.«

»Mein Wort klingt wirr ... so wie ich selbst geworden. Seit jener Nacht, die meiner Nächte schönste und wunderbarste immer bleiben wird. Mein Sinn war sündhaft. Denk seit Maaschas Heimgang hab ich der Frauen Lust und Gunst gemieden. In jener Zeit der Trauer und des Suchens fand ich geputzt sie auf den Felsen sitzend. Und sprach sie an, so wie man Frauen anspricht, die man geschmückt am Rand des Weges trifft. Zu meinem Glück hat sie mich nicht verstanden, sie betete, ich hab sie nicht gestört in ihrer Andacht; die so innig war, dass unwillkürlich ich mitbeten musste. Dann hat ihr Gruß beinahe mich erschreckt, weil ich – wie sie – war im Gebet versunken. Dann plauderten wir viel und mancherlei.«

»Hat sie erzählt, aus welchem Tal sie sei?«

»Ja, Hiram, ja, sie kam vom Tal der Tränen.«

»Und wohin, sag mir, lenkte sie die Schritte?

»Hin zu den Höhen, wo die Güte wohnt.«

»Ihr schlieft zusammen?«

»Ja, in der kleinen Hütte, die ist bei der Grotte, wo die Quelle rauscht. Und wie gesagt, es ward der Nächte schönste. Nie hab ich früher solch ein Glück empfunden, es waren heilge, gottgeweihte Stunden. Da war kein Rausch und keine Fleischeslust. Sie schenkte Liebe ... nie hab ich gewusst, was Liebe ist, doch jetzt, jetzt weiß ich's gut. Seitdem durchströmt mich namenlose Glut. Nichts war da niedrig und kein Wort gemein, ein Dienst im Tempel könnt's gewesen sein. Von nie geahnten, glanzumsonnten Stufen hört ich der Gottheit Schicksalsstimme rufen. »Sie liebt dich wahrhaft, lieb sie wahrhaft wieder!«

»Erzähle weiter ...!«

»Ja, ohn' Unterbrechen, könnt' tagelang ich von Jaela sprechen, von ihrer Seele, die ich blühend fand, von Anmut, Güte, Klugheit und Verstand. Mein Herz blieb wach, erst gegen Morgen schlief ich etwas ein und träumte ein paar Stunden. Als ich erwachte, war's um Mittag schon … die Hütte leer, Jaela war entflohn.«

»Und hast du ihr – verzeih mir – was geschenkt?«

»Das ist ja eben, was so sehr mich kränkt. Ein schwarzes Lämmlein hat sie sich erbeten. Für ihren Garten, der voll Blüten stände. Zwei Tage drauf kam ich des Weges wieder. Wie abgesprochen, meine Diener trugen viel Körbe, voll der herzlichsten Geschenke, das schwarze Lämmlein und ein Esel waren auch dabei, sie hatte, denke, das Verlangen, gelegentlich sich einen einzufangen. Auch war's mein Wunsch, ihr Freundschaft zu erweisen, ich hofft zugleich, sie würde mit mir reisen, zu Jakob, meinem Vater, und zu Dinah, der Schwester, die mich mutterhaft betreut. Ich hab das Mädchen nimmermehr gefunden. In allen Hütten hab ich nachgefragt, an hundert Türen habe ich geklopft, vergeblich war's, ich fand Jaela nicht … und wo ich forschte, wo ich immer frug, da war kein Mädchen, das den Namen trug. Auch wusste niemand, wen ich wirklich meinte, denn alle lachten, als ich sie beschrieb, so dass mir schließlich gar nichts übrig blieb, als still zu warten, bis ein guter Stern in ungefähr sie wieder zu mir führt … Gern hätt′ ich wieder, was zum Pfand ich gab: Den Gürtel, Ring und meinen Wanderstab … dann hätt′ ich gern ihr meinen Traum erzählt, der gleicherweise mich beglückt und quält – seit jener Nacht …«

»Erzähl ihn mir, Jehuda.«

»Allnächtlich träum ich, dass ich Sämann wäre … ich schreit im Traum durch braune Erdschollen und werfe Körner, die da reifen sollen. Und auch die Körner, eben ausgestreut, sie wachsen schnell, indes ich weiterschreite, erst zarte Sprösslein, Halme und dann Ähren, die immerzu sich tausendfach vermehren. Was ich ausstreue, werden goldne Mengen, ich seh die Ähren immer dichter drängen, wie Sand am Meer, in ungezählten Scharen, von Zeit zu Zeit hör ich den Sturmwind fahren, der trägt die Saat fort, wirbelnd durch das Land, bis irgendwo sie andern Boden fand. Kein Schnitter kommt, um diese Saat zu ernten, durch tausend Stürme, die die Spreu entfernten …«

»Seltsam, Jehuda, ist dein Traum. Ich will dir gerne helfen, wenn du weitersuchst.«

»Den Freundschaftsdienst, ich nehm ihn dankbar an. Ein wenig Hoffnung heg ich noch zwar spärlich. Am Tag nach Neumond ist, so wie alljährlich, Gerichtstag, dann kommen viele Leute, von weit und breit, von Berg, von allen Seiten, nach Hebron hin …«

»Ich werde dich begleiten. Da durch Adulam meiner Reise Ziel, so ist's kein Umweg.«

»Habe Dank, mein Freund.«

»Wie steht's mit Tamar, deiner
Schwiegertochter?«

»Sprich nicht von ihr. Sie macht nur
großen Kummer. Die Ehrvergessne
brachte Schande uns!«

»Wie kam denn das?«

»Du wirst es später hören. Komm mit
nach Hebron, zum Gerichtstag,
Freund.«

IV.

»Wenn wir euch also recht
verstanden haben, bezichtigt Ihr,
Jehuda, diese Frau der Buhlerschaft,
sie hätt′ mit fremden Männern
Unzucht getrieben?«

»Ja, so mein ich es. Ihr Zustand,
seht doch, sagt Euch wohl genug …«

»Es geht um Tamar, Eure
Schwiegertochter …!«

»Ich bin mir dessen leider voll
bewusst.«

»Wenn nun wir Richter sie für
schuldig finden, kann nur der Tod die
Schmach und Schande tilgen; denn
das Gesetz befiehlt zu steinigen! …«

»Ich bin gewohnt, mein Haus zu
reinigen. Von allem was darinnen
siech und schlecht. Die Todesstrafe
wäre ganz gerecht. Die volle Strenge
des Gesetzes falle auf alle Frauen,
die gleich schamlos sind.«

»Setzt Euch, Jehuda. – Nach Gesetzesvorschrift ruf ich jetzt jeden, der für Tamar Zeugnis ablegen kann?«

»Ich möchte für sie zeugen.« Dinah spricht es, Jehudas Schwester. Furchtlos tritt sie nach vorn und legt den Schleier ab.

»Berichtet, Dinah, und verheimlicht nichts.«

»Ich schwör bei Gott, ich werde alles sagen. Wahrheitsgemäß, um Recht und Licht zu tragen. Zu Euch, ihr Richter, die hier heute tagen. Seit Jahresfrist teil ich mein Zelt mit Tamar. Gleich einer Tochter ist sie mir verbunden. Sie ist der Frauen züchtigste und klügste. Kein garstig Wort kommt je von ihren Lippen. Ihr Leib ist keusch und ihre Seele gütig. Beim Sonnenaufgang ist sie schon am Brunnen, sie tränkt die Tiere, die sie treulich pflegt, den Blumen gibt sie täglich neue Nahrung. Sie hilft den Kranken und beschützt die Armen. Sie kennt nur diese Güte und Erbarmen. Kein Leidbeschwerter geht am Zelt vorüber, für den sie nicht des Trostes Labsal fände. Für alle hat sie Zeit und reiche Spende. Am Spinnrad schaffen ihre fleißgen Hände; in Kanaan kenn′ ich kein zweites Weib, das so wie Tamar fromm und sittsam lebt. Eh überm Zelte Gottes Sterne leuchten, ist sie daheim um nach des Tages Lasten auf gleicher Matte wie ich selbst zu rasten. Zwei Gatten hat sie früh ins Grab gelegt, das bittre Los der Witwenschaft, sie hat trotz ihrer Jugend zweimal es durchkostet.«

»Blieb sie zur Nachtzeit wohl dem Zelte fern?«

»Ein einzig Mal erbat sie Urlaub sich, da ist allein sie auf den Berg gegangen.«

»Was suchte sie?«

»Sie spürte das Verlangen, sich einen alten Esel einzufangen. Beim Morgengrauen, als die Hähne krähten.«

»Was wisst Ihr sonst?«

»Ich hab nichts mehr zu melden.«

»Dann setzt Euch, Dinah, bleibt in unsrer Näh, weil wir, vielleicht, euch noch befragen müssen. Jetzt wird die nächste, die wir hören möchten wohl Tamar sein. Bleibt auf dem Platze sitzen, denn Mutterfreuden warten demnächst eurer …«

»Ich möchte dennoch stehend zu euch sprechen«, sagt Tamar stolz und geht zum Tisch der Richter.

»Wie's Euch beliebt. Nun kommt zur Sache, Tamar, sagt, was ihr wisst. Lasst Herz und Seele sprechen. Und reinigt Euch vom schändlichen Verbrechen, des man Euch anklagt. Redet frank und frei. Gebt Ihr es zu, dass Ihr der Buhlerei mit fremden Männern schuldig euch gemacht?«

»Mit fremden, nein. Ich kenne keine Fremden, ich kenn' nur Brüder, Schwestern, die ich liebe, weil sie das Schicksal auf den Weg mir sandt, das Wörtchen Fremde ist mir unbekannt. Das ist der Fluch, den, ach, die Menschen tragen, dass sie von andern fremde Menschen sagen. Um wie viel leichter wäre jede Bürde, wenn man statt Fremder Bruder sagen würde! Die meisten Tränen, die wir hier vergießen, aus Unverstand und trägen Herzen fließen. Kein Hass wär möglich und kein Neid, kein Leiden, wenn wir das Wörtchen Fremde würden meiden.«

»Habt damals Ihr bei einem Mann geschlafen?«

»Natürlich, ja, als wir des Wegs uns trafen, hab mitleidvoll ich Bruder Mensch gewährt, was er so innig und so heiß begehrt. Er war ein Witwer, ganz vom Schmerz zerrissen, zwei Söhne waren ihm erst jüngst entrissen, die seinem Herzen wert und teuer waren, zwei andre Söhne wollt ich ihm gebären. Uns Frauen ist das Schenken und Beglücken, die höchste Pflicht und Seligkeit zugleich, er war so arm und ich so reich ... so reich ...«

»Kennt Ihr den Mann, dem Ihr Euch hingegeben?«

»Ich kenn ihn gut, er führt ein einsames Leben. Ich harre seiner, weil er mir versprach, er käme wieder schon am andern Tag. Der Pfänder drei gab er mir noch verstohlen, wir sprachen ab, er sollt sie selber holen ...«

»Höchst rätselhaft, sagt wo sind jene Pfänder?«

Da löst sie schelmisch ihrer Kleidung Bänder. Und reicht den Richtern mit verschmitzem Sinn, den Ring, den Gürtel und den Wanderstab: »Hier sind die Pfänder, die der Mann mir gab.«

»Das sind die meinen«, ruft Jehuda laut.

Indes er staunend nach den Sachen schaut, lässt Tamar schnell den Witwenschleier fallen und steht, wie damals, blau und weiß gekleidet.

»Jaela ... du ...«, hört man Jehuda lallen ...

Er stürzt aufs Knie und greift nach ihrer Hand: »War ich denn blind, dass ich dich so misskannt? Ich werde gut auf jenen Esel passen. Verzeih mir, Tamar, Liebste, ja, vergib, dich und Jaela hab ich immer lieb. Ich schwöre dir, beim Gott, der oben thront, Dich treu zu führen!«

»Wohin führst du mich?«

»Hin zu den Höhen, wo die Güte wohnt!«

Tamar – ein Geleitwort

von Wolfgang Gisder

Mein Großvater, Max Gusdorf, wurde am 30. Juni 1878 in Detmold geboren und am 23. Juli 1943 in Sobibor ermordet, weil er Jude war. Um 1910 heiratete er Helene Oppenheimer, mit der Max zwei Kinder hatte: Erika und Hans-Rudolf.

Um 1920 lernte er meine 1888 geborene Großmutter Adele Püttmann aus Dortmund kennen. Zwischen Max und Adele wuchs eine große Liebe. Im März 1922 gebar Adele einen nicht lebensfähigen Jungen. Johann-Wolfgang. Er verließ schon nach einer Stunde das Jammertal Erde.

Da Max nicht mit ansehen konnte, wie seine Addi am Tod ihres Erstgeborenen litt, setzte er alle möglichen Hebel in Bewegung und konnte seiner Liebsten drei Tage nach der Geburt des kleinen Jungen ein neun Tage altes Mädchen in die Arme legen. Die leibliche Mutter, Herta Leopold aus Friedberg in Hessen, hatte ihr Kind zur Adoption freigegeben. Max und Adele nannten das Mädchen Uschi.

Max war ein stets hilfsbereiter Mensch mit großem sozialen Engagement. Als Kaufmann kam er mit vielen Menschen zusammen und hatte weit reichende Beziehungen, mit deren Hilfe er das sicherlich recht aufwendige Adoptionsverfahren umgehen konnte.

1925 bekamen Max und Adele ein zweites Kind, ein Kind ihrer Liebe zueinander, ein kerngesundes Mädchen: Renate, die Wiedergeborene. Es war der 1. Mai des Jahres.

Renate, meine Mutter, heiratete drei Monate nach der Ermordung ihres Vaters durch die Nazis in Sobibor, von der sie damals noch nichts wusste, am 30. Oktober 1943 den Soldaten Hans Gisder, dem sie acht Kinder gebar: Michael, Maria, die nach kurzer Zeit starb, Ursula, mich, Wolfgang, Thomas, Theresia, Norbert und Rainer. Sie selbst hat als Halbjüdin überleben können, weil sie als 12-jähriges Mädchen bei Verhören durch die Geheime Staatspolizei der Nationalsozialisten ihren geliebten Vater verleugnete.

Max hatte noch acht Geschwister: Albert, Emmy, Hermann, Else, Anne, Henny, Berta und Marga. Albert, Berta und Marga überlebten den Nazi Terror. Emmy, Hermann, Else, Anne und Henny wurden in Konzentrationslagern ermordet.

Uschi, Muttis Schwester, ist zusammen mit ihrem Mann Alfred Beigel aus Berlin auf dem Transport nach Osten »verschollen«.

Mein Großvater, der seiner angetrauten Ehefrau Helene, geborene Oppenheimer, nie etwas von seiner anderen, der zweiten Familie in Potsdam erzählt hatte, bleibt beiden Frauen bis zu seinem Tode nach dem Abtransport aus Amsterdam treu. Nach Holland war Max bereits 1933 geflohen. Allen seinen Kindern war er ein liebevoller Vater.

Für meine Großmutter Adele hat es nie einen anderen Mann als ihren Max gegeben, von dem sie nach einem letzten Lebenszeichen aus dem Lager Westerbork/Holland nie mehr etwas hörte. Bis zu ihrem Tode war Max für Adele der einzige und allerbeste Mann. Adele starb 86-jährig im Haus ihrer Tochter Renate bei ihrer Familie in Burscheid am Fuß des Bergischen Landes in Nordrhein-Westfalen.

Adele Püttmann um 1906. Geboren 1888 in Dortmund, starb sie 1974 in Burscheid/Rhld.

Tamar ein Nachwort zur Geschichte – es könnte genau so gewesen sein …

Der 1. Mai 1925. Es ist ein großer Tag. Monatelang hat Max Gusdorf jedes Wort genauestens überlegt. Alles, was dem Autor wichtig ist. Er will seiner Geliebten eine Botschaft überbringen, die in klaren Worten unmöglich zu übermitteln ist: »Ich liebe dich.« Wie sollte er solch einen Satz in Lettern gießen, da er doch mit einer Frau verheiratet ist, die er ebenfalls liebt? Mit der er Kinder hat, die er ebenfalls liebt!

Es muss eine Metaphorik sein. Ein komplexes Bild einer Liebe, die, gesellschaftlich unangreifbar, für seine berufliche und öffentliche Stellung im Deutschen Reich nicht sanktionierbar sein darf. Obwohl vor dem realen Hintergrund einer Liebe neben der zur Ehepartnerin auch solch ein Bild nicht erlaubt ist, so scheint es Max doch die einzige Möglichkeit, für die erzählte wie für seine tatsächlich existierende Geliebte im 20 Kilometer entfernten Potsdam neben seiner legitimen Familie eine eindeutige Stellung einzunehmen. Sie soll ihr Recht bekommen – und wenn auch ohne Eheversprechen, so wird sie doch ihre Ehre jedem Zweifel überordnen können. So murmelt der Autor wie zu sich selbst, während er doch im Geist mit Adele, seiner Geliebten, spricht.

Max Gusdorf bedient sich der Menschen der Genesis des Alten Testaments, um seine Metapher zu einem Kunstwerk zu machen. Er nennt es »Tamar«.

Tamar war vor 3700 Jahren – als diese Geschichte in den vorchristlichen Schriften erzählt wird – eine moderne, junge Frau von 20 Jahren in der Welt der ersten Israeliten. Attraktiv und gewitzt. Nicht unterwürfig, aber gesetzestreu. Bereit, ihre Stellung in der Gesellschaft ihrer Zeit auch gegen Widerstände durchzusetzen, die ihr ungerechterweise in den Weg gelegt würden. Tamar wäre auch im 20. Jahrhundert eine Frau mit Schalk und Verstand. Und sie würde das auch in Zukunft bleiben. Adele wird verstehen. So hofft Max.

Erst am Vorabend, am 30. April des Jahres 1925, ist sein Werk vollbracht.

Seiner Geliebten will der in Berlin lebende Kaufmann mit besten Beziehungen in höchste Kreise der Gesellschaft diese Geschichte zur Geburt ihrer gemeinsamen Tochter schenken – und ihr den Text selbst vortragen. Max hofft, noch einige Tage Zeit zu haben, denn er will alles noch einmal sauber abschreiben und genau überdenken. Ein sauberes Schriftbild hat mehr Autorität.

Aber dann kommt es anders.

Soeben in seinem Tuchatelier im 1. Hinterhof der Hacke'schen Höfe in Berlin Mitte eingetroffen, erreicht ihn am Morgen des 1. Mai ein Telegramm aus Potsdam. Dort, Im Bogen 20, hat er seiner geliebten Adele Püttmann eine Beletage eingerichtet, wie sie in aller Einfachheit an Vornehmheit nicht zu überbieten sein soll. »Bin im St. Josef-K. R. kommt heute. A.«, kabelt Addi, wie Max sie nennt, wenn die zwei allein sind.

Max Gusdorf lässt sofort den Atelierdiener kommen: »Lassen Sie die Kutsche vorfahren. Schnell, schnell. Es geht nach Potsdam.« Der Atelierdiener nickt stumm und verschwindet. Nur Minuten später erscheint er wieder in der Tür: »Die Kutsche ... Herr Gusdorf«, spricht er mit einer kaum sichtbaren Verbeugung. Max hat ein paar Sachen zusammengerafft und seine Aktentasche. Er spürt ein inneres Zittern, als er auf den Hof hinauseilt, wo der Kutscher in seinem Mobil von Mercedes-Benz die Tür zum Fond aufhält und sich verneigt, während Max Gusdorf einsteigt, eilig und zur Eile mahnend dem Kutscher zuruft: »Nun beeilt Euch schon. Nach Potsdam. Zum St. Josef-Hospital. Machen Sie schon.«

Die Fahrt führt über die Kochstraße und am Anhalter Bahnhof vorbei, durch Steglitz und die Schlossstraße über die Havelbrücke in die Nachbarstadt des erst wenige Jahre jungen Großberlin, nach Potsdam. Sein Herz schlägt ihm im Hals, als er in der Schlossstraße seine ihm gesetzlich angetraute Frau und Mutter seiner zwei legitimen Kinder sieht, die gerade aus einem Salon heraustritt. Auf dem Trottoir wartet ihre Zofe, die ihr eine Tasche abnimmt. Beide Frauen gehen nur wenige Meter vor der Kutsche von Max Gusdorf über den Damm, um die Wohnung auf der anderen Straßenseite zu erreichen. Max atmet tief durch. Er will nicht gesehen und erkannt werden. In Potsdam passiert er ein weiteres Mal eine ihm bekannte Person. Eine Freundin seiner Tochter. Doch auch sie registriert in der vornehmen Kutsche nicht den Vater ihrer Freundin, Max Gusdorf.

Im Krankenhaus verweist ihn die Schwester hinter dem Eingangsportal an die Station, auf der Max endlich seine Adele erwartet … die gemeinsame Tochter, Renate, fein zurecht gemacht, in den Armen der Mama liegend. Addi lacht Max etwas müde an. Und doch ist der Raum sofort mit dem Eintreten des vornehmen Tuchhändlers, der nervös ist wie ein kleiner Junge vor der Weihnachtsbescherung, mit einer Liebe erfüllt, die das ganze spätere Leben über auch von dem neu geborenen Mädchen ausgehen und an ihre Kinder weitergegeben wird, die jetzt in den Armen von Max' Geliebter Adele liegt. Max sieht Adele an, schaut von ihr zu dem Baby, als er die noch dünnen, schwarzen Haare von Renate streichelt, die mit einem Ausdruck von Erstaunen zu dem Mann sieht, der sich über sie beugt und ihr einen zarten Kuss auf die Stirn gibt.

Renate. Seine Tochter. Ihre Tochter … Adeles und seine Tochter.

Umständlich kramt Max Gusdorf in seiner Aktentasche und holt ein Manuskript hervor.

»Tamar«, steht auf dem Deckblatt. Mit Tränen in den Augen gibt er es seiner Geliebten, Adele Püttmann. Die mit 37 Jahren nicht mehr junge Mutter schaut ihren Geliebten an. Es sind tiefe Blicke – von Seele zu Seele. Beide wissen, was gemeint ist.

Renate Ingeborg, das Mädchen, das eben geboren worden ist, liegt in Adeles Armen, als Max zu lesen beginnt.

Norbert Gisder

Renate Ingeborg Püttmann heiratete zum Ende des 2. Weltkriegs den Soldaten Hans Gisder. Die beiden gaben sieben Kindern liebevolles, sicheres Geleit ins Leben. 1953 zogen sie nach Brasilien, wo Hans Gisder als Direktor das 1916 gegründete, deutsche Humboldt-Gymnasium in Sao Paulo wieder aufbaute, das von der brasilianischen Regierung während der Kriegsjahre geschlossen worden war. Das Foto zeigt die Familie am 7. 5. 1959. Nach Deutschland 1966 zurückgekehrt, lebte die Familie bis 1977 in Burscheid im Rheinland, bevor Hans und Renate nach Frickingen an den Bodensee zogen.

Das letzte Familienbild von Renate und Hans Gisder mit allen sieben Kindern und Enkeln 1984 im Haus der Eltern in Frickingen am Bodensee ...

Renate ohne Hans mit ihren Kindern Ursula, Michael, Thea, Wolfgang, Norbert und Rainer sowie Lisa (hinten), Adoptivtochter, und Thomas nach der Beerdigung von Hans Gisder, der am 31. Juli 1992 nach 49 Jahren Ehe in den Armen von Renate gestorben ist. Renate zog danach in die Geburtsstadt ihres geliebten Vaters Max Gusdorf nach Detmold. Dort lebte sie noch 15 Jahre. Sie starb im Januar 2007.

Norbert Gisder
GT
Herausgeber
www.gt-worldwide.com

Bücher und Beiträge in Büchern, auf CD und auf Tonkassetten von Norbert Gisder (als Autor, Co-Autor, Herausgeber, Co-Herausgeber – nach Erscheinungsjahr)

Die Tegel-Connection – Peter F.: Interview mit einem Mörder. Audio-Text-Tonkassette mit Begleittext – Norbert Gisder 1981. Verlag B. Proske, Berlin

Das Hotel im Zeltlager. Reportage über die Zeltstadt Berlin. »Berlin 87«, Berliner Morgenpost/Ullstein-Verlag 1987

Ikonen, Made in Wedding. Künstlerporträt Vadim Moroz. »Berlin 89«, BM/Ullstein-Verlag 1989

Elf Berliner stellen sich vor. Führer durch den Berliner Osten. »Berlin 90«, BM/Ullstein-Verlag 1990

Backstage. Das Ballett der Deutschen Staatsoper Unter den Linden. (Bildband; mit Essay von Norbert Gisder – hrsg. von Reinhard Wöbke, Avantgarde Creations 1992)

Lokaljournalismus 1992. Dokumentation – KAS/ Bundeszentrale für Politische Bildung, Bonn 1993

Berliner, Ihr habt die Wahl – in: Forum Lokaljournalismus 1994. Jan. 1994, Bundeszentrale für Politische Bildung

Lokaljournalismus 1994. Dokumentation – KAS/ Bundeszentrale für Politische Bildung, Bonn 1995

Themen und Materialien für Journalisten – Handbuch Wahlen. »Die Serie zur Wahl« – und: »Königsdisziplin Interview«. Herausgegeben von: Bundeszentrale für Politische Bildung, Bonn 1994. (Mitarbeit bei Konzept und Texten)

Lokaljournalismus 1995. Dokumentation – KAS/ Bundeszentrale für Politische Bildung, Bonn 1996

Segeln in Berlin, da stören nur die Bürokraten. Porträt Berlin vom Wasser. »Berlin 97«, BM/Ullstein-Verlag 1997

Berlin rund. Sportverlag Berlin. Wasserwanderführer von Norbert Gisder 1996, 1997, 1998.

Brandenburg rund. Sportverlag Berlin. Wasserwanderführer von Norbert Gisder 1998

Mecklenburg rund. Sportverlag Berlin. Wasserwanderführer über die Großen Seen und ihre Wasserwege in Mecklenburg-Vorpommern von Norbert Gisder 1999

Mecklenburg rund II. Sportverlag Berlin. Wasserwanderführer über die Küste – von Norbert Gisder 2000

Berlin rund. Sportverlag Berlin/Ullstein TB Wasserwanderführer, überarbeitete Neuauflage, Berlin 2001

Berliner Kieze, Bd. 1. Berlinführer, Ullstein 1998. Herausgegeben von Norbert Gisder u.a.

Berliner Kieze, Bd. 2. Berlinführer, Ullstein 1998. Herausgegeben von Norbert Gisder u.a.

Berliner Kieze, Bd. 3. Berlinführer, Ullstein 1999. Herausgegeben von Norbert Gisder u.a.

Berliner Kieze, Bd. 4. Berlinführer, Ullstein 2000. Herausgegeben von Heidi Kuphal. nach Idee und Konzept von Norbert Gisder w.v. -

Amok – oder: Die Schatten der Diva. Roman, Norbert Gisder 2004

Mars ruft Venus. Novelle, Norbert Gisder 2005

Die Maske der Schönen. Kurzgeschichte, Norbert Gisder 2006

Sehnsucht bleibt. Audio-CD 2008, Liedtexte von Norbert Gisder. Herausgeber: Peter Gentsch

Berlin und Brandenburg rund. Revierführer über Berlin und Brandenburg, Textbuch, Anderweltverlag. Von Norbert Gisder

Berlin und Brandenburg rund. Revierführer über Berlin und Brandenburg, E-Book

(mit mehr als 1200 Fotos von Bootsreisen zwischen Elbe und Oder), erschienen bei GT-Books – von Norbert Gisder

Deutschland, scheinheilig Vaterland. Eine Standortbestimmung. GT-Books, Herausgegeben von Norbert Gisder

Gedanken über Königs Wusterhausen. Essays zur kommunalen Politik von Dieter Füting. GT-Books, herausgegeben von Norbert Gisder

Schattenspiele. Verse, Dialog, Seelenstücke der Kunst und der Liebe von Dieter und Reiko Füting. GT-Books, herausgegeben von Norbert Gisder

Tamar – oder: über die Ehre in Zeiten von Zweifel und Misstrauen. Ein Epos, eine biblische Erzählung aus der Genesis; Interpretation einer alttestamentarischen Familiensaga des 1943 in Sobibor ermordeten Familienvaters und jüdischen Kaufmanns Max Gusdorf. Herausgegeben von Norbert Gisder.

Norbert Gisder

Norbert Gisder, Gründungschefredakteur, heute Herausgeber von GT, einem Online-Magazin für Politische Kultur und Mobilität, ist seit 1977 Journalist bei Zeitungen, Zeitschriften, Rundfunk und Fernsehen im In- und Ausland. Der Autor und Fotograf schrieb Beiträge in nahezu 30 Büchern hat als Ressortchef bei der Berliner Morgenpost jahrelang journalistisch gearbeitet. Viele Tausend Artikel in der Berliner Morgenpost, DIE WELT und WELT am SONNTAG sind in den 24 Jahren veröffentlicht worden, in denen Gisder als Ressortchef Berichterstattung im Axel Springer-Verlag verantwortet hat.

Norbert Gisder ist Diplompolitologe, hat in Berlin und Montreal, Kanada, politische Philosophie, Soziologie, Internationales Recht studiert und selbst an Hochschulen Kommunikation unterrichtet.

GT – das Online-Magazin für Politische Kultur und Mobilität – www.gt-worldwide.com

Gegründet 2009, wuchs GT schnell zu einem relevanten Magazin im Internet. Um die 800.000 Menschen lesen in GT; mehr als 1,2 Millionen mal werden Seiten des Magazins jeden Monat aufgerufen.

GT – the German Magazine for political culture with travel trends – sailing/yachting, travelling, featuring politics, economic-news, culture, car-news and tests, design, medicine, sport, published almost in German language. Editor in chief: Norbert Gisder.

Mehr in www.gt-worldwide.com